항아리

속

풍

경

항아리

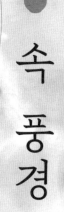

속 풍경

하늘이 참 맑다

시리도록 파란 하늘 바다에서

뭉게구름은

떼 지어 물고기를 따라가고

한가롭게 내마음도

함께 거닌다

...

– 〈태풍 전야〉中

이미숙
지음

바른북스

39년 이상 교직 생활에 몸담았으니 건전지 닳아 느리게 가는 시곗바늘처럼 나의 세상도 느리게 가고 있다. 정리해야 할 시간이다.

딸, 아내, 엄마의 역할도 해야 해서 늘 바쁘고 종종거렸지만 만족했다.

직장에서도 집에서도 완벽한 사람이 되고자 노력하느라 정작 나 자신을 돌보기 힘들었을 수도 있겠다.

힘들고 지칠 때마다 가족이 버팀목이 되어주었고 때로는 자연으로 달려가 충전했다.

훌쩍 여행을 떠나 소진된 힘을 재생하기도 하며 그 흔적들을 틈틈이 일기처럼 시어로 기록해 두었다.

희미해진 기억을 더듬어

애쓴 흔적들의 조각을 모아 모아

인생의 한 장을 마무리하는 나에게 너에게 선물로 주고자 한다.

목
차

글머리에

1.
길 위의 명상

4.
하늘에서 헤엄치다

8.
귀향

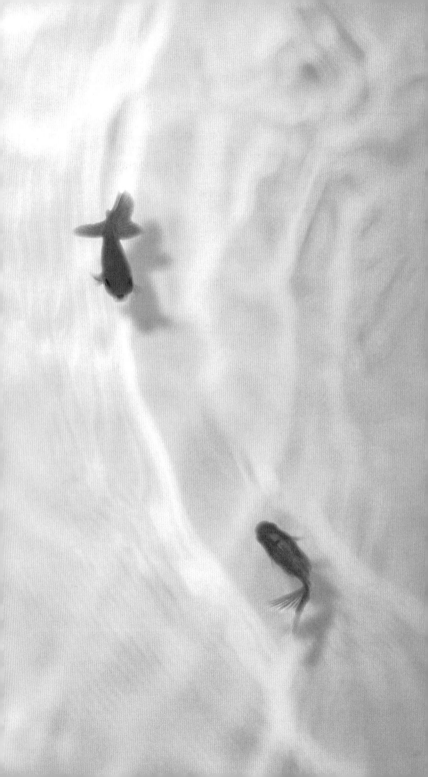

1.

길
위
의 명
상

새해 풍경

설날 성묘하고 오는 길에
우연히 둘러본 고즈넉한 산사

간절한 소망 담아 쌓아 올렸을
돌탑 너머로
오랜 세월 자리 지킨
노목(老木)의 굵은 가지들이
곧게 뻗어 시린 하늘을 경건하게 받치고 있다

가는 해 오는 해를 묵상하였을 나무들 위로
소망 담은 햇살이 하늘에 닿을 만큼
눈부시게 퍼지는
겨울 산사의 새해 아침.

어리목의 봄

가파른 산 중턱까지 굽이굽이 돌아 경사진 길을 오른다
숨이 차 헐떡거릴 즈음
탁 트인 담록 시야로 나타난 한라산 어리목

사방이 고요하다
이른 아침부터 정상을 향해
부지런히 떠난 등산객의 흔적만 남았을 뿐

숲으로부터 오는 바람은
연못 수면 위 잔잔한 물결을 일으키며
음역대를 가늠할 수 없는 노랠 부르고

햇살에 구름 밀려가
담록이
일제히 은빛 함성을 지르면

구름 사이로 아른거리는 봄 그림자.

대포항*에서 어느 날

무작정 수 시간을 달려 맞닥뜨린 낯선 풍경
그건 순전히 일상을 탈출하기 위한 비상수단이었어
아마도

묵묵히 바다를 지켜온 낡은 배의 무리
과거를 잃어버린 채 그 주위를 맴도는 눈먼 갈매기 떼
그 아래에서 질펀하게 앉아 소주 한잔 기울이는
또 다른 무리 무리들
비릿한 비는 내리는데

숨 가쁘게 걸어온 날들을 잠시 잊고
상념에 젖어 있을 때
동해에서 막 건져진 오징어가
마지막 숨을 할딱거리며 외친다
나 살아 있는 거지?

---

* 대포항: 강원도 속초에 있는 항구

도시의 단풍이 더 아름답다

지금 내가 머리에 이고 가는 단풍은

공해에 찌들어

꿈을 다 펼치지 못했어도

그 모습으로 아름답다

바쁜 날을 차마 떨치지 못하는

나에게

너에게

늘 보이는 곳에 머물기 때문이다

가까운 곳에서 살갑게 다가오기 때문이다.

길 위의 명상

여명이 밝아 온다
초승달은 희미하게 여전히 각인되어 있다

여행에서의 피곤은
기분 좋은 나른함과 함께 온다

낯선 풍경에
담아야 할 추억이 많지만
욕심내지 않고
느리게
익숙지 않은 자세로 길을
걷다 보면

비우고
비우고
또 비워지겠지

몸은 지치고

발걸음은 무거워도

여행의 마무리는

새로운 추억을 담아냈음에 만족하는 것

집에 돌아왔다는 안도감이 햇살처럼 스며드는 것

노을이 눕는다

멀리 선명해지는 불빛을 보며

급해지는 발·걸·음

내 집 냄새가 그리움으로 다가오는 길 위.

들꽃 만나기

네가 보고 싶으면
언제라도
들판으로 달려가
안기고 싶어

꿋꿋한 네 의지에 살포시 기대어
알콩달콩 살아온
이야기 전해주고 싶어

풋풋한 네 향기에
은밀히 녹아들어
온갖 시름
잠시라도 잊고 싶어.

미장원에서

거울에 비추이는 건

예전의 내 모습이 아니다

과거가 무슨 빛깔이었든지 간에

현실에 무표정하게 자리 잡은

모습이 두려워

삶의 진리를 터득하기 위해

겸손한 자세를 하고

시간을 멈추어 놓고

공간을 움직여

새로운 현실에 나를 내놓는다

미용사의 작품이 완성되어 가는 동안

내 안에서도

자기 인식을 위해

빠르게 움직이는 모습이 자리 잡는다.

여행

여행은

준비하는 동안의 즐거움이다

떠나기 전의 설렘이다

복잡한 생각의 조각들을 정리하여

비움을 학습한다

정작 떠나서는

집으로 돌아가고픈 마음이다.

가을 여심(女心)

곱게 물든 나뭇잎 사이로
시리도록 파란 하늘이 보이면
눈물이 납니다

바람 구르는 소리에
잠 못 이루는 갈잎이 되어
훌쩍 떠나고 싶어집니다

스산한 밤기운에
사랑하는 이 곁에 있어도
자꾸만 외로워집니다.

슈퍼 문(Super Moon)

피곤함에 초저녁부터 스르륵 잠들었다

어른거리는 빛이 거슬려 잠 깨었다

무심코 쳐다본 하늘

아뿔싸 달이 커튼을 무대로 춤추는 거였어

온갖 잡념 저만치 달아나고

달빛에 취하여

뒤척이느라 잠 못 드는 밤.

어느 그림 전람회에서

인사동 한 갤러리에서
추억이 뚜벅뚜벅 걸어 나온다

일상의 한편에서 봄 그림자와 속삭이는 민들레
한여름 열정을 뚝뚝 흘리는 엉겅퀴
보송보송 어린 시절 풀꽃 가락지
지천에 희망을 흩뿌리는 개망초의 하루
온종일 쏘다니며 가슴앓이하는 강아지풀의 흔적
계절을 오르내리며 떠돌이 바람을 붙잡아두려는
들풀들의 몸부림

잊혀진 사랑이
질긴 생명이
속살로 파고든다
아침 햇살 같은.

2

바
람

태풍 전야

하늘이 참 맑다
시리도록 파란 하늘 바다에서
뭉게구름은
떼 지어 물고기를 따라가고
한가롭게 내 마음도
함께 거닌다

햇살이 따가워도
여전히 바람은 부드럽다
화려하게 핀 장미도
열심히 이사하는 개미 무리도
몇 년을 땅속에서 살다
짧은 날 목청 크게 노래 부르던 매미도
정리하느라 바쁘다
과수원의 나무들을 서로 단단하게 엮어주고
바다에서 떠 감던 배들은 일찌감치 포구에 자리 잡았다

태풍이 몰려오는 내일 지나면

잔잔한 일상이 오리라는 예견된 희망을 안고

모두 바삐 바삐 움직이고 있다.

부부싸움

너는 너의 말만 하고 있구나
나도 내 말만 하련다

너의 말은 온통 가시가 돋아
맘을 쿡쿡 찌르는데
나도 어쩔 수 없어
돌아온 가시를 되받아 돌려줄 수밖에

어쩌랴 그 순간을 참지 못했으니
어쩌냐 이젠 주워 담을 수 없으니

오랜 시간 강물로 함께 흘러왔건만
여전히
서로의 감정만 전달하는데

언제쯤
그대를

온전히 받아들여

익숙한 장단을 맞춰줄 수 있으려나.

봄이다

겨우살이 고달픈 회색 도시는

올 듯 말 듯 서성이는 봄 때문에

생채기 난다

한 뼘 따사로운 햇살에

노곤노곤

세상이 졸립다

때 이른 꽃나무들

지멋대로 차려입고 외출하더니

봄바람 났나 보다.

바람

여름 끄트머리에 조용히 앉아 있다
산 능선 타고
단풍 속으로 슬며시 찾아든 바람

어느 젊은 사내 뒷모습에
제 나이 잊고서
마음을 헤적이는 바람

허-한 마음을
정가로운 사람으로 채워
꿋꿋하기를 바람.

어느 시인

글 쓰고 싶다
생각만
생각만

글을 써야만 한다
말로만
말로만
말로만

몇 날이
몇 달이
몇 년이 흘러

여전히 생각만
아직도 말로만.

바다에 가면

바다에 가면
갈매기와 파도가 함께
부르는 합창이 들린다

바다에 가면
물고기들의 힘찬
자맥질이 보인다

바다에 가면
모래 속에 묻힌 조개
그들만의 넋두리가 있다

바다에 가면
비린내에 취하지 않고는 내뱉지 못할
그리움이 있다.

가을 들판에서

여름의 지친 발걸음이
들판 속에 선다

바람은
벼 이삭 틈에 머물며
황금빛 노래를 부르고
긴 한숨에 섞인
도시 먼지를 날려 보낸다

바람이 잦는다

흐르는 시간을 잊었다가
마음 가득
가을 노래를 채운 저녁을
짊어지고 간다.

봄앓이

가녀리지 않은 바람의 심술에
안절부절 서성이던 날 며칠째
코끝 간질거리는 꽃바람에 재채기 몇 번
겨우내 자리 잡았던 생채기를 감당할 수 없어
향기 따라 빛깔 찾아 훌쩍 길을 나선다

지리산 자락 산수유 마을 헤집고
섬진강 변 매화 동산에서 향기 맡다가
쌍계사 벚꽃 십리 꽃터널 지나
앞다투어 피고 지는 집 앞
목련·라일락·조팝나무와 눈 마주치며
슬쩍 따 온 진달래 몇 잎 화전 부치고
쑥국 서너 번 끓이면

유난스러운 봄앓이
흩날리는 꽃잎 따라 저만치 달아난다.

장맛비

요란한 천둥 번개와 함께

장대비가 내린다

모두가 잠든 이른 새벽

빗소리에 눈뜨고 거실을 이리저리 거닐며

잠을 설치다 보면

어느새 빗소리 내 안으로 훅 들어와

시원한 변주곡을 들려준다

비몽사몽 몽롱한 의식 속

빗속 추억이 몽글몽글 피어나면

시간은 정지되고

어깨 스쳤던 인연들에게

안부 전하기

-며칠째 이어지는 장맛비에 괜찮은가요?

가을 낙하(落下)

가을에는
공존하는 모든 것이 낙하한다

갑자기 쌀쌀해지는 날씨도
나뭇가지에 달려 있는 잎새도
그리고
나의 마음도.

코로나19 극복기

새벽이 눈을 뜹니다
창문 열고 긴 호흡 한 번
어젯밤 마주쳤던 별이 잘 움직이는지
다시 한번 확인하고
가벼운 움직임으로 몸을 깨웁니다

출퇴근 길에
일터에서 KF94 마스크로
묵언수행 하는 일상이 반복됩니다

미루고 미루어
어쩌다 하는 산책길 접고
매일매일 깊은 밤
별과 달을 마주하고
구름 뒤따르며 홀로 만보를 걷습니다

바람에 몸을 맡긴 들꽃으로

그렇게 찬 겨울 보내고

찬란한 슬픔 지닌 벚꽃에게

두 해 손을 흔들어 주었습니다

작은 숨소리에도 민감해하며

손소독제 바르듯이

오늘도 탈 없는 하루 보낼 수 있기를

수시로 기도하며

저마다의 봄을 기다립니다.

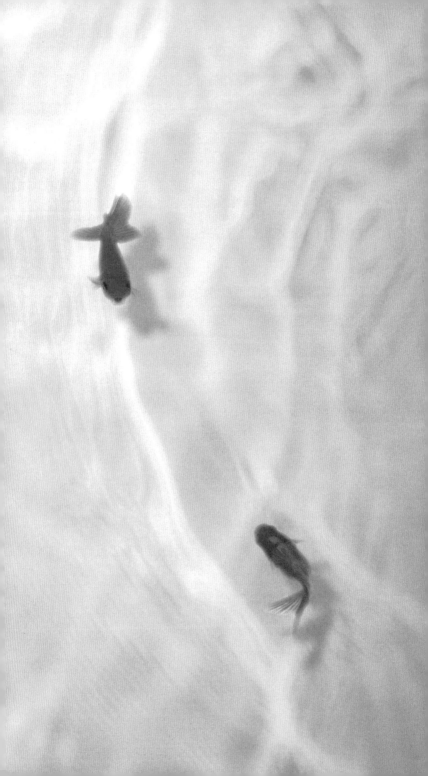

3

누군가가
필요할 때

입원하던 날

핏기없는 얼굴로
병원 안으로 들어섰다

화장을 지우면서
거울 속의 낯선 얼굴을 발견하곤
깜짝 놀라는 척
환자복을 받아들고
움직임 없는 자세로 있길 수십 분
쓴 약 삼키듯 단숨에 갈아입고
또 한 번 거울을 보았다

평소 올려다보지 않던 하늘을 본다
흐린 날의 하늘도 아픈 것일까
병원 밖 오가는 사람들이
얼마나 부러운지

비로소 쉼을 갖게 되었노라

애써 자위해보지만

늘 서서 바쁘게 보낸

평범한 하루가 그립다

온 밤 내 뒤척이다가

새벽이 되어서야

깊은 잠을 청한다

링거 선을 타고 들어오는

약물이 몸속의 노폐물을 내보내고

몇 날 며칠을 꼬박 앓은 후

환자복 훌훌 벗어 다시 곱게 화장한 뒤

힘차게 병원문을 나서는

새로운 모습을 기대한다.

가시버시

검은 머리 파뿌리 될 때까지
함께하자던 약속이
가끔 희미해져도

한 방향을 바라보며 살자
노력한 무수한 날들이
가끔 흩어져도

예상치 못한 비바람이
여린 마음에
상처를 남겨도

굳이
"사랑하고 있어요"
표현하지 않아도

우리의 뜨락엔

새록새록

사랑이 자라고 있어요.

그니

휘휘로운 바람이 이는 흰 밤
공원 후미진 곳에 말없이 서 있는 참나무 아래
이슥토록 앉아
힘없는 발끝으로 이리저리 헤매는 낙엽을
물끄러미 바라보는 그니 눈 속에는
처연함이 담겨 있네

죽음을 앞둔 사람은 모든 사물이 아름답다면서
이별을 앞둔 연인은 더 사랑하게 된다면서
긴 잠을 잔 뒤 새봄을 맞이하려면
그럴 수밖에 없다면서
쓸쓸함을 즐기는 그니.

누군가가 필요할 때

현실이 목을 누르고

그 답답함으로 마음이 내려앉을 때

아침 이슬을 받은 두 손을

내 입술에 대어 줄

누군가가 필요하다.

몸살

주사 맞고

약을 먹어 봐도

두통과 오한이 가실 줄 모르네

잠을 푹 자고

좀 쉬면 나을까?

음악을 듣고

추억을 떠올려 봐도

시심(詩心)이 솟구치지 않네

욕심을 접고

마음을 비우면 되살아날까?

만남

공허한 들판에서
방황하던 영혼
수없이 교차하는 인연의 매듭
그는 아침의 햇살이 되어
은밀하게 스며들었다

내 몸은 비로소 눈을 뜬다

몇 날 며칠
사색의 그네 띄우기를 수십 차례
마침내
엷은 안개의 치마폭에 싸여 있던
풀빛 사랑이 눈을 뜬다.

병실에서

너 알고 있니
차가운 병실에서
말 잘 듣는 아이 되어
꾸역꾸역 밥 넘길 때의 막막함을

너 느낄 수 있니
한 공간 안에서 한숨을 쉬면서도
서로에게 등진 채
살살 외로움 달래야 함을

너 꿈꿔 본 적 있니
바늘 햇살조차 머물지 못하는
찬 공간 안에서
하늘거리는 구절초 뜨락을 휘젓고 다니며
맘껏 흩날리고 싶은 바람이 되고픈 것을.

그릇

결코 바라지 않는다

너로 인해 내가 빛나는 것을

네가 누구든 상관없다

단지 내게로 와 담겨만 준다면

너는 이미 알고 있을 것이다

비어 있을 때 내가 불안해하는 것을

너는 모를 것이다

제 것인 양 내 속에 담겨 있는 네가

결국 나를 닮는다는 것을

나는 늘 기다릴 것이다

언제든 내게로 슬며시 와

새로운 의미가 되어 주기를.

가을 감기

빗속에
가을이 뒤척인다
알록달록 향에 취해
바람에 실은 몸
온종일 휘돌다 지치면
자리 찾아 눕는다
낙엽 따라
뒹굴기를 여러 차례
노랗게 빨갛게 열이 오르며
끙끙 앓는다
이 계절이 접힐 때까지.

어떤 관계

한 공간에서

그대와 매일 마주쳐야 했다

시나브로

변하는 자연에 계절을 맡기는 것과 달리

수시로 변하는 그대 성격에

때로는 무심한 척

더러는 매서운 눈매로

나를 방어할 수밖에 없었다

변덕스러운 비위 맞추는 것에 지쳐

이제는

봄부터 보냈던 그대에 대한 관심은

겨울이 되기 전

꽃과 함께 이울 것이다.

한 줄기 빛이 되어

어디쯤일까 여기는
분명
익숙한 사투리를 들으며
전동차 불빛 아래에서
그리운 이를 만나러 달려가고 있었는데

갑자기 삼켜버린 불길보다 더 무서운 건
칠흑 같은 어둠도 적막도 아니었어
사랑하는 사람들로부터
갑자기 멀어져야 했던 아픔
잊혀져야 하는 그리움
그리고 또 하나
처절하게 울부짖을
내 사랑하는 사람들을 기억해야 한다는 것

가끔은 서러움에 잠 못 이룰지라도

퉁퉁 부어오른 눈으로

여전히 푸른 세상을 바라보게 되어도

아아, 한 줄기 빛이 되어

따스했던 그대들을 온전히 기억하리.

※ '대구 지하철 참사 현장' 소식을 접하고 고인들의 명복을 빌며

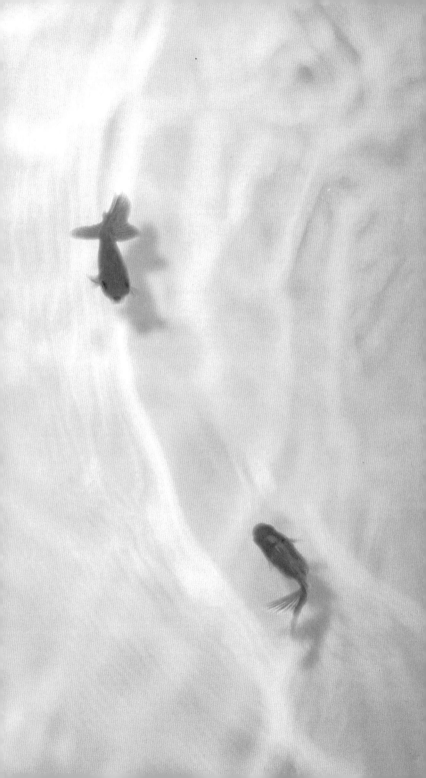

4.

하늘에서
헤엄치다

美쳤다 어느 사월

봄꽃이 한꺼번에 피고 있다
지난겨울
이상 기온으로 날씨가 생채기 나더니
올봄
올 듯 말 듯
몇 번 망설이다가
기어코 병이 난 게다

짧은 봄을 한꺼번에 맞이하려니
꽃들도 나도
마음이 급해진다
찰나의 아름다운 순간을 놓칠까 봐

훌쩍 떠나
꽃잎 흩날리기 전에
바삐 걸으며 어지러워진 마음 다잡고 싶다
이번 사월이 그렇다.

미세먼지 공습

처음엔 안개처럼 친숙하게 다가왔다

생활 속에서 가끔씩 겪었던 일이었기에

무심코 지나쳤다

짙어진 먼지 사이로

무수한 낱알이 조합을 이루어

화살로 수시로 박혀

몸이 민감하게 반응했을 때야

비로소 냄새 없는 지옥인 걸 알았다.

하늘에서 헤엄치다

하늘을 제대로 보지 않은 적 있다

사계절 내내 밤 산책 하면서도

봄엔 꽃향기에 취해

더운 날엔 왱왱대는 모기소리에 신경 쓰여서

가을엔 붉은 낙엽 헤아리느라

놓쳐버릴 수 없는 것들이 많았다

그땐 그랬다

돌아볼 것들이

귀 기울여야 할 것들이

다 놓아버린 겨울 하늘 아래

외롭게 놓인 공원 의자에 누워

젖은 눈으로

무심히 올려다본 시린 하늘

깊은 바다가 다가온다

별이 헤엄친다

노란 고래

따라가며

함께 자맥질한다.

벚꽃이 눈 맞은 날

그대 온 날이 마냥 즐겁지만 않아

온밤을 추위와 맞서며

익숙지 않은 바람을 맞이해야 했으니까

긴 밤 그렇게 보내고

구름 사이로 해 보이는 찰나

꽃잎 끌어안고 흩날릴 때

비로소 알았지

오래오래 전부터

안타까운 엇갈림 속에

마침내 해후(邂逅)하였음을.

호수 위에 머문 하늘

비 갠 뒤 화창한 날

호수 위로

사뿐히 내려앉은 하늘

혼자는 심심해

구름과 바람 함께 머물며

나무랑 풀이랑

도란도란 얘기 나눈다

하늘 속으로 호수가 스며든다.

사랑초

처음엔 그녀의 이름을 알지 못했다

눈부신 어느 봄날

화원 한 귀퉁이에서 그녀를 발견한 후

그 자리에서 한 발자국도 움직일 수 없었다

갓 피어난 연보라색 꽃잎을 달고

자줏빛 날개를 파닥이며

봄나들이를 하려던 그녀

길지 않은 여정(旅程) 끝내고

저녁 무렵이 되어서야

여린 날개를 접고

마침내 내 집 베란다에 안주(安住)했다

햇빛이 날개 위로 찾아들면 비상(飛上)하다가

어둠이 스멀스멀 기어들면 날개를 접었다

그렇게 몇 달을 지내더니

찬 기운이 스며들던 어느 초겨울

기약 없이 그녀가 잠들고 말았다

앙상하게 마른 몸으로

잊혀진 채 몇 달을 보내고

봄볕 따스한 어느 날

한쪽 비켜진 작은 공간에서

잠자던 그녀가

조그만 몸짓으로 기지개를 켜며 깨어났다

다시 사랑스러운 모습으로 날갯짓하며.

봄맞이

잠자던 대지가
기지개를 켠다

바람에 이끌리어
봄을 찾아 나선 소녀

하품하고 있는
마른 풀잎 속의 봄

해가 질 즈음
소녀의 바구니에는
봄이 가득하다.

여름과 가을 사이

초록은 두 팔 벌려
햇살을 가득 담는다

뜨거웠던 시간을 잊은 채
참을 수 없는 나른함을 툭툭 털며
가벼운 발걸음으로 나선다

서늘해진 저녁이 내리기까지
매미의 처연한 울음은 계속되는데

바람은 열매의 단 향기를
살랑 코끝에 전해주고 간다

긴 장마 끝
눈이 시리도록 푸른 어느 날.

소나무

부엌 창으로 내다보이는
뒤뜰에 작은 소나무
몇 그루가 있습니다

삭막한 도시 한편에서
온종일 서서 보내는 내게
그 작은 숲은 큰 위안이 되었지요

며칠 전인가
병충해를 막는다고
약을 치더니
소나무가 누렇게 뜨며 시름시름
앓고 있습니다

어느 세월 다시 일어나
푸른 몸을 꿋꿋하게 지탱할지

정작

내 영혼도

앓고 있는 것은 아닌지.

화담숲 가을 언저리

찬 바람이 불었습니다
너무 늦어 버린 것은 아닌지 마음 졸이며
숲을 향하여 정신없이 걸었습니다

미처 채비 못 한 숲 식구들의
애타는 마음을 아는지 모르는지
추적추적 찬비는 내리고
울긋불긋 단풍 닮은 옷을 걸친
등산객들의 잰걸음이
묵묵히 움직입니다

털 빠진 억새가 말을 걸어도
옷 붙잡는 참나무에게
긴 눈길 주지 않으면서
숲 어디쯤 다다르니

여전히 가을이 서성이고 있었습니다.

설경(雪景)

밤새 내려

하얗게 두툼한 겉옷을 입은 먼 산 풍경

생생한 연하장(年賀狀)되어

잊고 지내던 사랑하는 이들에게

새해 인사 하며 안부 전한다.

5.

여름이
지나고 있다

여름 풍경

신록이 아침잠에서 깨어나
기지개 켜기 전에
이미 태양은
더운 입김을 토해내고 있다

더위 먹은 아이들
시내에서 멱 감을 때
쫄랑쫄랑 뒤따라온 누렁이
나무 그늘에서 잠이 들었다

채 들고 파리 쫓는
어르신 모습 뒤로
여름이 크게 하품하고 있다.

마흔

열쇠를 찾아 한참이나 헤맸다

열쇠뭉치를 손에 쥔 것도 모르고

학원 보낸 아이들 없는 빈자리에 앉아

같은 신문을 몇 번 뒤적였다 밥하기 싫어서

온몸이 아프다고 아우성이다 환절기도 아닌데

실컷 수다 떨고 나서 남모르게 후회한다

나의 가벼움이 들킨 것에 대해

여전히 나는 스무 살 청춘인데.

영화 상영(上映)

준비 운동을 한다

호흡을 가다듬고 천천히 시작 버튼을 누른다

고르게 숨을 삼킨다

1분, 기분 좋게 걷는다

12분, 호흡이 거칠어진다 숨이 차다

20분, 다리가 허공을 붕붕 떠다닌다

몽롱한 의식 속에 빛바랜 길이 나타난다 길을 따라 무
작정 걷다 보니 뜨거운 뙤약볕 아래에서 네잎클로버
를 찾는 어린 소녀의 모습이 보인다 갑자기 비가 퍼붓
는다 느티나무 아래에서 비를 피하던 소녀에게 새로
운 길이 나타난다 교복 차림으로 무거운 가방을 들고
있다 살그머니 교회 안으로 들어가 두 손을 모은다 어
둠 속에서 누군가를 애타게 찾는다 어둠 속에 또 다른
길이 열린다 혼자가 아니다 잡힌 손이 따뜻하다 외로
움의 터널을 빠져나와 숲길을 걷는다 나뭇잎 사이로
바다가 보인다 새들이 헤엄친다 갑자기 눈이 부시다

40분, 땀범벅이 된 얼굴을 닦는다

42분, 숨을 고르며 정지 버튼을 누른다

정화된 마음을 담아 집으로 향한다.

여름이 지나고 있다

매미가 제대로 울지 못하고 있다

태양은 뜨거운 용광로의 열기를 연일 내뿜어

그 열기 저녁에도 요란하게 머물며

기웃거리던 바람을 쫓아낸다

어떤 이는 인공바람의 절정을 맛볼 것이다

누구에게는 견디기 힘든 밤이 될 것이다

그해 일찍 시작된 여름은 너무 더웠다

늦은 나이 몇 번의 실패 속에 힘들게 둘째 아이 낳고

삼칠일 몸조리하던 날

삼풍백화점 무너진 아비규환의 현장 영상을 보고도

눈물을 참아야 했다

장모와 사위의 묵인된 약속-두 사람 모두

헐렁한 런닝구 차림-에

웃지도 울 수도 없었다

철철 넘치는 참젖을 어떻게든 아이에게 먹이려고

온정신을 집중했었지

매미울음도 녹아내린 그 더위

그날처럼
이십여 년 훌쩍 지난 오늘
이런저런 오만가지 생각에
뒤척이며
잠 못 드는 밤

내 삶의 여름이 지나고 있다.

봄의 창가에서

무심코 내다본 창밖으로

봄은 와 있건만

나의 봄은 아니었다

라디오방송에서 흘러나오는 사계

가끔씩 불어오는 바람에 실려 온 꽃향기

시장 한편에서 봄을 파는 아낙네

바지락 넣어 끓인 냉이된장국의 구수한 맛

아! 결코 봄을 느낄 수가 없었다

그러나 어느 순간

빈 깡통으로 매달린 욕심을 떼어내니

오감이 열리며

비로소 나의 봄이 만개(滿開)한다.

가을 산

봄부터 싹틔운
연녹색 꿈이

여름 내내
초록 잎사귀 달더니

이젠
마지막 안간힘을 쏟아
꽃불로 피다

훌훌 타 버려
빈 가슴으로
새로운 꿈을 품기 위해.

가을 들녘에서 그대와

해종일 머물던 햇살이
산 너머로 달음질치는 어느 가을
모처럼 그대와
들도리를 했지요

둘이 바라보고 지낼 때는 몰랐었는데
큰아이 낳고서도 몰랐었는데
둘째 아이 낳고서
긴 시간을 걸어온 지금에야 느끼겠어요

가을 속에 영근 사랑을
무뚝뚝함 속에 배어 있는
따순
당신의 마음을.

다림질

겹겹이 쌓아 두었던 계절 옷을 꺼내어

다림질을 한다

여기저기 손금처럼 번진 주름

몇 번이고 누르고 눌러

반듯해질 때까지 멈추지 않는다

마음은 다급해지는데

쉽사리 펴질 것 같지 않은

종종거리는 세월은

어떻게 펼거나.

어느 오십 대의 시작(詩作)

불현듯 시상(詩想)이 떠올라

몇 구절 적다가

스마트폰이 길게 울리면

알맹이 없는 얘기로

팔 저릴 때까지 통화한다

다시 몇 자 끄적거리는데

흐릿해진 노안(老眼)처럼

가물가물 조합되지 않은 낱자만 맴돌아

애꿎은 지인 탓만 하고 있다.

첫눈 오던 날

예고 없이

첫눈 내리는 모습에

작은 가슴 몹시 뛴다

반가움에 전화하니

무뚝뚝한 그니 목소리

"그래, 알았어.

전화 끊어!"

차가운 쇳소리에

젖었던 마음 금세 마르고

오후 내내 가시지 않는 우울함

그리고 저녁

초인종 소리와 동시에

힘없이 문을 여니

멋쩍게 내민

그의 향기-붉은 장미 한 다발과 케이크

눈은 진즉 멎었지만

첫눈의 실렘을 다시 안고

촛불 켜는 밤.

겨울 준비

누구는
발목 긴 구두로
어떤 이는
든든한 애인으로
추운 겨울을 맞이한다는데

나는
따사로운 봄볕 속에 소망 심어
여름 내내 붉게 익힌 고추를
가을볕에 바싹 말려
시아버지 마음 담은 햇고춧가루로
버무리고 꾹꾹 눌러 담근
김장으로 겨울을 준비한다.

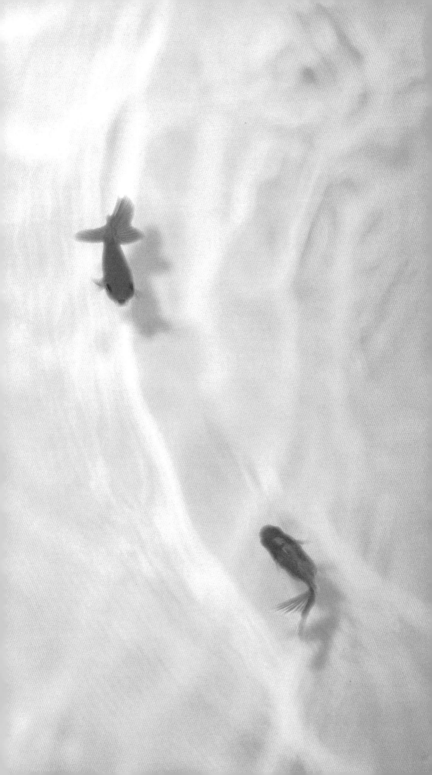

6.

휴
식

뱀사골에서 여름나기

이글거리는 태양과 마주하기 전에 서둘러 이 도시를
떠난다
쉼 없이 서해 고속도로를 달려 지리산으로
이미 앞선 차들의 긴 행렬
여름을 나기 위한 필사의 몸부림
드디어 뱀사골을 만난다

골짜기 바람은
어른들의 욕망을 떨어버리고
계곡의 물소리는
아이들의 여름을 먹어버린다

밤새 터뜨리는 폭죽 소리에 계곡의 자장가는 멀어지고
이내 지친 마음으로 선잠이 든다

새벽녘
소피 보러 가는 길에 졸린 눈으로 쳐다본 하늘

아, 손이 닿을듯한 곳에서 별이 쏟아진다
정신이 번쩍 뜨인다

새소리에 상큼한 아침이 열린다
이곳저곳에서 밥 냄새가 난다
뱀사골에서의 또 하루가 간다
더운 여름이 간다.

숲으로 간다

소소한 일로 화가 쌓이면

숲으로 간다

시린 봄바람에

호호 손을 불면서

지난 늦가을에 재워 놓은

낙엽 속에

무심히 묻고 온다

한 주 내내 사람과 일에 치여 무거워지면

숲으로 간다

별보다 환한 가로등이

처연하게 비추는 오솔길을 걸으며

불편한 것들을 하나씩 꺼내어

흙길 위에

슬그머니 뿌리고 온다

잠자러 들어가는 노을과 안녕하고

별밤 지키는 풀꽃 만나며

채워진 고통(苦痛) 비우려

이런저런 핑계 대며

매일

숲으로 간다.

비 오는 가을 아침

대지가 노랗게 물들어가는 가을 아침
비가 내린다
차창 밖으로 흐르는 빗줄기
눈물로 가을을 적신다

며칠 더 머물고 싶었던 어떤 나뭇잎
낙엽으로 자리에 누워버리고

비바람 타고 들어오는 슬픈 음악
마른 눈물샘을 자극하는데

아, 어쩐지 오늘 아침은
생각 없이 헤매고 싶다.

휴식(休息)

햇살이
소슬거리며
창을 밀고 들어온다

차 한 잔을 마신다

낡거나 고장 난 전자제품 팔라는 외침
차들이 달리며 내는 소음은
달콤한 음악이다

오랫동안 묶여있던 오감(五感)이
스르르 풀린다

한참 뒤
말뚝잠이 든다.

계곡물에 발을 담그면

계곡물에 발을 담그면

더운 여름이 저만치 간다

파란 하늘이 물속에 머물고

사그랑거리는 풀잎의 노래가

물고기를 모으면

나도 어느새 풀잎 되어

함께 노래 부른다

계곡물에 발을 담그면

문득 떠오르는 얼굴

바위틈 다슬기 고개 쑤욱 내밀고

나비 한 마리 사뿐히 내려앉아

함께 추억에 잠긴다.

시월의 뒷모습

뒤뜰 내다 놓은 화분에
하얗게 서리가 내렸다
이제
머물 곳을 잃은 시든 국화는
이별의 시간을 예감하고
앙상한 팔을 겨우 내밀어
노을을 힘겹게 받치는
선구자가 되어 눕다
모든 것이
공존하는 가운데
비로소
가을이 쉼을 갖는다.

거실에서 내다보는 겨울 풍경 정겹다

수십 년 만에 찾아온 한파란다

눈은 미세먼지 흔적 지우느라

밤새도록 소리 없이 내려 수북하게 쌓였다

날마다 퍼 올리는 사념(思念)과

일상의 바지런한 손놀림은

습관이 되어 가만히 있는 시간이 오히려 불안하다

인적없는 고요함이 익숙지 않아 먼 산 한번 기웃거리고

유난히 시린 하늘 눈부셔 쳐다보지 못하고 있다

화분 속 추위를 이겨 낸 야생화를 대견해한다

갓 내린 커피에서 나는 익숙한 향이 식을 무렵

노을이 산등성이에 걸렸다

그새 못 참고 마실 나온

동네 개들 짖는 소리가 올라오면서

소소한 상념에서 헤어 나온다.

나무 아래 누우면

나무 아래

누우면

한들거리는 나뭇잎 사이로

파란 하늘이 손 흔들고 있다

하얀 추억이 떠다닌다

우주(宇宙)가 펼쳐진다.

설렘

부제 : 첫 손주를 기다리며

너를 기다린다

10개월 훨씬 전부터

하지만

오늘처럼 떨리지는 않았단다

너와 만날

예정된 시간이 다가올수록

입이 바짝 마른다

눈물이 먼저 흐른다

힘든 시간 견뎌내고

한걸음 달려와 줄 것이란 믿음에

소중한 너를 품은

네 엄마도 그러하겠지

산고의 고통을 기쁘게 감내하면서

오랫동안 기다려 온

아가야

너로 인해

새로운 세상이 열리고 있어.

가을 햇발

햇살로 목욕한다
사방으로 뻗는 기운을 느끼며

눈부심에
눈부심에 차마 눈을 뜰 수 없어
풀밭 위에 드러눕다.

눈 덮인 전나무 숲에서

지금은 사람의 그림자를 찾을 수 없네

머물던

이름 모를 산새도

시린 바람도

적막(寂寞)에 지쳐

휭하니 떠나 버리는데

정지된 시간 속에서

새롭게 피어나는

눈·꽃·송·이

어느새

내 안에서도 초록 향기가 나고.

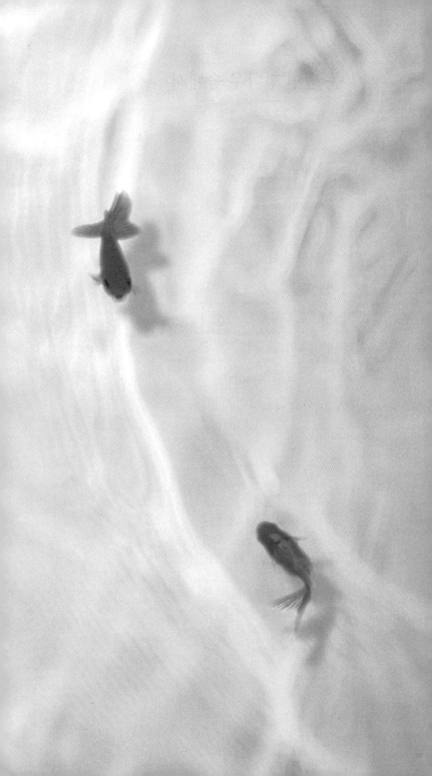

7

항아리 속 풍경

하늘 담기 하늘 닮기

처음엔 그냥 빈 항아리로 있었겠지
한동안은 소금을 품었으리라
어쩌면 계절마다 다른 김치를 익혔을지도

주둥이 상처 생긴 후
역할 잃은 채
빈 곳 채울 기력도 없이
하염없이 지냈으리라

어느 초여름 장마에 내린 빗물에
샘이 생겨나고
바람을
별을
달을 불러들인다

그저 품기만 했을 뿐인데
사계절의 낮과 밤이 익어간다

무심히 지나듯 하늘을 담는다

농익으며

하늘을 닮아간다.

개심사(開心寺)[*]의 봄

수북이 쌓인 누런 이파리 사이로
여린 싹이 삐죽이 고개 내민다
처마 밑 눈물 떨어지는 소리는 아직도 찬데
지난가을이 휙 지나버린 아담한 화단에
가물가물 볕이 오른다
삭정이는 여전히 흔들리고 있는데

문 닫힌 대웅전 앞 가만히 서 있으면
귀가 시리다 풍경소리 투명하게 들린다
눈이 부시다 발꿈치 든 만큼 봄이 보인다.

<hr>

*　개심사: 충남 서산에 있는 절(보물 143호)

오월, 비 갠 날의 산책

눈이 시리다

할 일을 끝낸 꽃잎은 떨어지고

그 자리엔 푸른 물방울이 앉아 있다

이름 모를 새는

낮고 높은 음역대를 옮겨 다니며 지저귀고

노점 카페에서

존 덴버*는 선샤인**을 노래한다

물기 머금은 바람이 머무는 곳마다 율동이 인다

그들과 하나가 되는 순간

모든 움직임이 멈춘다

풋풋한 비 향기에 취해

고즈넉한 시간을 붙잡고

오랫동안 머문다.

---

* 존뎀비 : 미국 컨트리송 가수
** 선샤인 : 존뎀버의 노래 'Sunshine On My Mind'

항아리 속 풍경

고즈넉한 아침

바람 부는 대로
자연이 흔들린다
내가 흔들린다

밤새 노닐었을 풀꽃들
꽃잎 몇 장 흔적 남기고

다 담을 수 없었던 하늘
비로소
그대를 통하여 품는다.

보성 차(茶)밭에서

차를 끓이면
바다 향기 나는 이유를
이제야 알았네
먼발치에서 바라보는
바다의 사색이 전해져
차밭에 묻어나기 때문이지

차를 마시면
머리 맑아지는 이유를
비로소 알았네
삼나무 숲 정갈한 바람이
새소리를 따라 차밭으로 불어와
향기로 스며들기 때문이지.

봄 마중

짙은 미세먼지를 뚫고
봄이 오는지
반사적으로 하늘을 올려다본다

이미 봄은
강물 따라왔는지
흐르는 물소리가 경쾌하다

매화며 산수유며
남녘 봄꽃 소식에
마음이 다급하다

그 짧은 찰나의 환희(歡喜)를
놓칠까 봐.

조화(造花)

너는 이미
감정 잃은 옛사랑의 자취이다
인위적인 향기에
못내 흐느껴도
아무도 네 마음을 읽을 수 없다

시간의 흐름 속에
기억은 점점 더 희미해져 가고
끝내는 몸부림치며 사라져야 하는
가엾은 운명이다.

가을 숲

좌악

좌아악

장대비 소리에

달리다 보니

아하, 가을 담은 계곡 물소리

툭

툭툭툭

도토리 떨어지는 소리에

뒤돌아보니

아하, 가을 터지는 소리.

산방산

사백여 개의 계단을 오른다

오래오래 전 사냥꾼의 불화살에 맞아 화가 난

한라산 산신령이

봉우리 집어 던져 생겨났다는 이곳에

고승(高僧)을 사랑한 여신(女神)이 살았다는데

고을 원님 수청 거절하다 죽음으로 사랑 지킨 그녀

세월 따라 흘린 눈물 약수 되고 고여

그 애틋함 전하려 눈바람은 이리 치는 것일까

돌아서 내려오는 길

문득 바라본 먼바다에서

아직도 식지 않은 여신의 사랑이

물안개로 피어오른다.

제주 설경(雪景)

온밤 내

칼바람이 몸부림치더니

오름 자락마다 펼쳐진 하얀 세상

모진 바람을 견뎌내며

빨갛게

꽃피운 동백 위에

남국의 정서를 실어다 주는

야자수 잎에

검은 돌 틈을 비집고

억세게 자란 문주란 위에

살포시 눈꽃으로 내려앉아

밀감을 씹을 때의 상큼함으로 다가온

제주 설경.

8.

귀
향

뜨개질

성큼 커버린
딸아이의 첫 뜨개질
이었다 풀었다 결국엔 배슬배슬
딸아 너는 알고 있니
인생은 그렇게 되새김질할 수 없다는걸

홀쩍 커버린
딸아이의 두 번째 뜨개질
마음 모아 차락차락
딸아 이제 알겠니
인생은 그렇게
한 올 한 올 정성 들여 짜야 한다는걸.

엄마와 알츠하이머

엄마는 나를 온전히 알아보지 못했다
화사하게 차려입은 정숙한 아줌마로 인식할 뿐

함께 간 손녀를 딸로 알고
몇 번이고 안아주면서 넋두리를 한다
엄마가 제대로 챙겨주지 못했는데
잘 자라주어 고맙다는 말을 반복하면서

요양원 방문한 어느 봄날
밖으로 바래다줄 수 있는지 몇 번이고 속삭였다
아줌마가 입은 분홍 꽃무늬 원피스가 이쁘다면서

엄마의 기억은
화사한 봄날 속에
계속 머물고 있다.

귀향(歸鄕)

먼지 나는 신작로를 지나

논둑 밭둑 길을 걷는다

뙤약볕을 머리에 이고

낡은 어린 시절을 담고서

한 발자국 옮길 때마다

어릴 때 모습은 현재와 엇갈리고

이유 없는 슬픔이 아련히 밀려와

풀빛 고향은 더욱 짙어 간다

어무이-

부르는 딸의 음성

버선발로 뛰어나와 부둥켜안은

어머니의 까칠한 손

밤은

그 옛날마냥 굴뚝 속으로 숨어들고

잠든 딸의 모습을 들여다보는 어머니의 얼굴엔
세월의 뒤안길이 길게 이어진다.

죽은 바퀴벌레를 발견하고

너무 길어 지루한 여름 끝자락

먼 하늘 바라보다

무심코 펼쳐 든 시집 속에서 떨구어진

죽은 바퀴벌레 한 마리

언제쯤이었는지

최소한의 무게만 지탱한 채 말라 있는데

조각난 바퀴벌레의 몸뚱이를

하얀 휴지에 올려놓고 조심스레 옮기며

내 지난날

열정적이던 시심(詩心)을 퍼 올린다.

자장가

자장자장

우리 아기 잘도 잔다

단조로운 엄마의 목소리가

고단함의 리듬을 타면

아기는 별빛 달빛을 덮고 스르르 잠든다.

딸기

딸기가 새콤달콤한 줄만 알았다

큰아이 가져
입덧 가라앉히려 무던히 애쓸 때
향기롭게 다가왔던 그

그런데 오늘
꼭지 따서
병든 친정엄마
말없이 먹여 주며
눈물 찔끔 흘릴 때
시큼한 무엇 하나
혓바닥 속으로 타고 들어와
애간장을 녹였다

싫었는데

정말 싫었는데

딸기의 다른 맛을 알게 된 그날.

어머니의 우물

무뚝뚝한 인상에 퉁명스럽게 말을 내뱉곤 하셨지만
호탕한 웃음 속에는 정이 듬뿍 담겨 있었다 까막눈이
라고 창피해하시면서도 막내며느리와 함께 한 글공부
에는 수줍은 처녀였다 명절 때에 만나는 칠 남매에게
살갑지는 않으셨어도 어떤 일을 하든지 또 한 번 생각
하고 주어진 일을 감사하게 행하라 하셨었다

그 어머니가 장막(帳幕)의 집을 지으셨다

눈 깜짝할 사이 세월은 강물 되어 흐르고
어디쯤의 어머니 모습이 되고 보니
비로소
내 삶의 남은 시간도
순간순간 감사와 보람으로 채워가야 함을 알 수 있겠다.

아버지와 명란젓

발걸음이 멈춘 곳은
강화 전통시장 단골 젓갈집
빛깔 좋은 명란젓을 사면서
아버지의 냄새를 맡는다

이 일 저 일 핑계 대고 연락 미루다
명란젓 산 날은 안부 전화 하는 날

수화기 너머로 들리는 아버지의 투박한 사투리
"무슨 일이고?"
"밥은 묵고 다니제?"
나는 안다
니가 보고 싶다는 인사말

어쩌다 찾은 젓갈 골목에서
서성이며
비로소 느끼는
아버지 빈자리.

산행

산에 오른다
숨이 새근덕새근덕거리고
땀방울이 온몸을 감싸면
비로소 산이 보인다

골짜기에서 재잘대는 물
이 산 저 산을 오가며 속삭이는 이름 모를 새
사방에서 스며드는 풀잎 닮은 숨소리

내려오는 길
한 발자국 옮기면서
버리는 연습을 한다

굳이 꼭대기에 오르지 않았어도
서그러워지고
새밭에 나이를 묻는다

오르고 내리면서

비우고 또 비운다.

별

반복되는
일상의 일들이
평범하게 흐를 때는
까맣게 잊고 있었다
나의 별을

사는 것이 버거워
잠시라도 그 순간을
벗어나고 싶어 달려간
어느
여름 끝자락

급히 떠나 만난 들판에서
우연히 밤과 마주했을 때
잠시 올려다본 하늘에는
별이 빛나고 있었다

소름 돋는 밤기운이

사념(思念)을 버리게 하는 순간

비로소

내 안으로 스며든다

나의 별이.

항아리

　　속

　　　풍
　　　경

초판 1쇄 발행　2024. 8. 20.

지은이　이미숙
펴낸이　김병호
펴낸곳　주식회사 바른북스

편집진행　김재영
디자인　김민지

등록　2019년 4월 3일 제2019-000040호
주소　서울시 성동구 연무장5길 9-16, 301호 (성수동2가, 블루스톤타워)
대표전화　070-7857-9719 | **경영지원**　02-3409-9719 | **팩스**　070-7610-9820

•바른북스는 여러분의 다양한 아이디어와 원고 투고를 설레는 마음으로 기다리고 있습니다.

이메일　barunbooks21@naver.com | **원고투고**　barunbooks21@naver.com
홈페이지　www.barunbooks.com | **공식 블로그**　blog.naver.com/barunbooks7
공식 포스트　post.naver.com/barunbooks7 | **페이스북**　facebook.com/barunbooks7

ⓒ 이미숙, 2024
ISBN　979-11-7263-097-3 03810